GRACE O'MALLEY
A PIRATA INVENCÍVEL

Heloisa Prieto e Victor Scatolin
Ilustrações **ANGELO ABU**

© Heloisa Prieto e Victor Scatolin, 2015

COORDENAÇÃO EDITORIAL Graziela Ribeiro dos Santos
ASSISTÊNCIA EDITORIAL Olívia Lima
PREPARAÇÃO Lígia Azevedo
REVISÃO Carla Mello Moreira

EDIÇÃO DE ARTE Rita M. da Costa Aguiar
PRODUÇÃO INDUSTRIAL Alexander Maeda
IMPRESSÃO Bartira

Dados Internacionais de Catalogação na Publicação (CIP)
(Câmara Brasileira do Livro, SP, Brasil)

Prieto, Heloisa
 Grace O'Malley: a pirata invencível /
Heloisa Prieto e Victor Scatolin ; ilustrações Angelo Abu. —
São Paulo : Edições SM, 2016.

ISBN 978-85-418-1633-5

1. Ficção - Literatura infantojuvenil
I. Scatolin, Victor. II. Abu, Angelo. III. Título.

16-06873   CDD-028.5

Índices para catálogo sistemático:

1. Ficção : Literatura infantil 028.5
2. Ficção : Literatura infantojuvenil 028.5

1ª edição 2016
5ª impressão 2023

Todos os direitos reservados à
SM Educação
Avenida Paulista 1842 – 18°Andar, cj. 185, 186 e 187 – Cetenco Plaza
Bela Vista 01310-945 São Paulo SP Brasil
Tel. (11) 2111-7400
atendimento@grupo-sm.com
www.smeducacao.com.br

Para Lucas Nemeth, estas aventuras da pirata rainha da antiga Irlanda.

Heloisa Prieto

Os autores agradecem a Priscila Nemeth, por ter apresentado Grace O'Malley a eles.

SUMÁRIO

Terra marique potens, forte na terra e no mar, 7

O chamado do mar, 9
A clandestina, 13
Quando a sorte favorece quem tem coragem, 16
O Castelo da Galinha, 20
Respeitada e admirada, 23
O náufrago, 25
Ricardo de Ferro, 28
Refém, 32
Virando a maré, 34
Lady Grace, 36
O inimigo mortal, 37
Terra e mar, 41
Uma amizade improvável, 43
Epílogo, 47

Cronologia, 49
O castelo de portas abertas: poemas, canções e referências, 53
Bibliografia, 62

TERRA MARIQUE POTENS, FORTE NA TERRA E NO MAR

"Quem viaja tem muito que contar"— esse antigo provérbio popular, citado por Walter Benjamin (1892-1940), ressalta a capacidade de narrar que os deslocamentos provocam e o desejo de fazê-lo. Em seu famoso ensaio "O narrador" (1936), o pensador alemão distingue duas famílias de histórias: as que surgem da boca dos marinheiros e as que vêm dos camponeses. No entanto, alerta que histórias só podem ser realmente compreendidas quando percebemos a interdependência desses dois tipos de relatos: a trama levada pelo mar, móvel, mutante, transmitida por meio de canções e poemas, e a narrativa biográfica terra a terra, repleta de minúcias e dados concretos.

A história de Grace O'Malley, que pertencia a um clã da costa oeste da antiga Irlanda, cujo lema era *"terra marique potens"*, ou "forte na terra e no mar", pode ser contada de dois modos: como biografia e como lenda. Suas aventuras e peripécias são tão intensas e numerosas que talvez nem um imaginativo roteirista de filmes de ação tivesse capacidade de inventá-las. Para contemplar tanto o lado marítimo (canções e poemas por ela inspirados) quanto o lado terreno (dados biográficos registrados por historiadores), optamos por um texto que mescla fatos, lendas e nossa própria percepção diante do impacto dessa vida fora do comum que tanto nos fascinou. Assim, procuramos unir o saber das terras distantes e o sabor do passado, como diria Benjamin, para recontar a história dessa mulher tão desafiadora, num profundo mergulho em suas aventuras.

Os autores

O CHAMADO DO MAR

Irlanda, século XVI. Reunidos em torno da longa mesa diante da lareira, todos festejam a volta do chefe do clã O'Malley, exímio navegador e grande contador de histórias.

— Pai — uma voz soa alta do fundo do recinto —, eu também quero viver no mar, viajar! Meu maior desejo é conhecer outras terras, enfrentar tempestades, lutar contra inimigos!

Owen Dubhdara O'Malley não sabe se ri ou se deixa a filha sonhar...

Naquela época, navegar era arriscar a vida. Se estivesse diante de um filho, talvez o pai considerasse o pedido, mas levar uma menina a bordo...

Dubhdara fez sinal para seguirem com a música e ordenou a Grace que sentasse ao seu lado para apreciar a noite de celebração. Um poeta havia composto uma nova canção, relatando as últimas peripécias do chefe, e todos ansiavam ouvi-la ao som de sua harpa.

O clã ao qual Dubhdara e Grace pertenciam era conhecido como "Os leões do mar", cuja fama de exímios navegantes se espalhava por meio de canções e poemas. O ofício dos poetas ou bardos era justamente descrever de maneira elogiosa os grandes feitos dos chefes.

Quando Grace nasceu, em 1530, a reputação dos O'Malley já era conhecida em toda a região. Naquele tempo, a maioria das crianças não frequentava a escola e tinha de ajudar a família. A educação em um clã da antiga Irlanda consistia em aprender a lutar e cavalgar, pois a destreza física era bastante valorizada. Os conhecimentos eram transmitidos oralmente, e poucos sabiam ler e escrever. A partir dos quatro anos, os meninos já trabalhavam ao lado do pai. As meninas, por sua vez, auxiliavam a mãe nos cuidados da casa e na supervisão das plantações e do rebanho.

Essa divisão ancestral de tarefas não servia para Grace. Por isso, naquela noite em que se celebravam as vitórias do pai, ela insistia no assunto. Recusava-se a aceitar o fato de que devia ficar em casa com a mãe, enquanto o pai e o irmão viviam grandes aventuras marítimas. À obstinada Grace, Dubhdara respondia com deboches:

— Minha filha — ele dizia às gargalhadas —, seu lindo cabelo ruivo ficaria preso no mastro do navio. Uma simples ventania seria suficiente para que isso acontecesse. E eu não quero você balançando no ar como se fosse uma bandeira vermelha! Não, nunca! Definitivamente, o mar não é para meninas!

Mas Grace já havia tomado sua decisão, e nada a faria mudar de ideia.

...

O Reino Unido ainda não existia, e o poder da Inglaterra sobre a Irlanda se limitava a Dublin e arredores. O clã O'Malley reinava longe dali, bem a oeste, nas terras de Umhall, hoje condado de Mayo.

Ainda que de acordo com as leis da antiga Irlanda o grande chefe Dubhdara, ou Carvalho Negro, exercesse seus negócios de modo honesto, aos olhos da Coroa inglesa ele era um pirata — quem discordava da Inglaterra era considerado fora da lei, e, no caso de comércio marítimo, acusado de pirataria.

A sociedade gaélica, à qual Grace pertencia, era formada por clãs, com chefes eleitos pela comunidade. O poder adquirido e as respectivas propriedades não se transmitiam por herança. Quando um deles morria, suas terras eram devolvidas ao clã até que outro líder fosse eleito. A adoção dos filhos do chefe morto em combate era uma grande honra e fortalecia os elos de amizade entre os clãs.

Filhos fora do casamento não sofriam discriminação do ponto de vista social nem legal. Embora as mulheres não desempenhassem papel político, tinham seus direitos protegidos, especialmente as da aristocracia: podiam manter o nome de solteira, divorciar-se e governar suas propriedades. As esposas dos grandes chefes, como a mãe de Grace O'Malley, faziam obras de caridade e eram patronas das raras escolas existentes. Algumas desenvolviam interesse pela escrita.

Contudo, a maior parte da população era analfabeta, e assinar o próprio nome não era obrigatório — bastava fazer um grande X em qualquer documento. Havia apenas algumas escolas religiosas e nenhuma universidade. Predominavam narrativas da tradição oral, canções e poemas.

O clã se reunia no castelo para fazer as refeições, ocasião em que canções costumavam ser entoadas. Comia-se sem garfos, usando apenas dedos e facas. O conforto não era uma prioridade, já que os castelos haviam sido construídos para abrigo e defesa. Antes da invenção do canhão, eram verdadeiras fortalezas. Dentro, havia muita umidade e pouca iluminação. As pequenas frestas que serviam de janelas não podiam permitir que o inimigo visse o que acontecia no interior. Chefes, como os pais de Grace, costumavam alojar-se nos andares superiores, aquecidos por fogueiras. Ainda assim, a mobília era pouca e básica: camas, bancos, cadeiras e mesas de madeira.

• • •

Mas como teria sido a noite da recusa do pai à filha que desejava segui-lo?

Talvez ele tenha conversado com a mulher sobre a pequena rebelde… Quem sabe adormeceu rindo por dentro do pedido absurdo que ela lhe fizera?

Seja como for, narravam os antigos contadores de histórias que Grace se recusou a aceitar a negativa paterna. E talvez tenha passado aquela noite acordada diante da lareira arquitetando o plano que logo mais colocaria em ação…

A CLANDESTINA

A imensa frota dos O'Malley enfrentava perigos constantes nos mares e nas costas. Mas isso não amedrontava Grace. Ao contrário, reforçava a admiração que sentia pelo pai e a sede dela por aventura.

Na infância, ela nunca se contentara com as brincadeiras comuns: preferia praticar as artes de luta e, principalmente, explorar cada pedaço da costa, a ponto de conhecer em detalhe todos os esconderijos e conseguir identificar fluxos da maré e fenômenos climáticos. Adulta, chegou a fazer previsões meteorológicas tão exatas que ganhou o apelido de "profetiza do tempo".

• • •

Mas como a pequena Grace teria convencido o pai e o irmão a fazer parte da tripulação?

Segundo lendas e canções, naquela noite Grace cortou o longo cabelo ruivo, despiu o vestido, enfiou-se na calça e na camisa roubadas do irmão, pôs um chapéu de marinheiro e botas. Na manhã seguinte, foi até o porto e deu um jeito de entrar no navio. Ninguém a reconheceu. De início, sua mãe não estranhou o sumiço, tão habituada que estava com as longas ausências da filha curiosa, sempre explorando praias e recifes.

Uma vez no convés, Grace escondeu-se do pai e do irmão. Permaneceu por várias horas desse modo, até que estivessem longe o suficiente da costa para não ser mandada de volta. Como relataram alguns marinheiros, quando Grace saiu do esconderijo, seu pai e seu irmão, embora surpresos, reagiram com piadas:

— Não acredito, filha! — disse o chefe.

— Você é maluca! — exclamou o irmão.

— O que aconteceu com seu longo cabelo?!

— Se eu não estivesse disfarçada, o senhor teria me proibido de acompanhá-lo, certo, pai? — respondeu a garota.

— Ha, ha, ha! Você conquistou o direito de aprender a navegar. Mas, de agora em diante, seu nome será Gráinne Mhaol. Grace, a careca!

Outros contavam ainda que, na viagem de retorno da Espanha, o barco fora atacado por piratas inimigos. O pai de Grace mandou-a se esconder, e, mais uma vez, ela não lhe obedeceu. Subiu no mastro num pulo e ficou à espreita. Quando um adversário se aproximou do capitão para atacá-lo pelas costas, Grace saltou sobre ele, derrubando-o, e Dubhdara pôde então rendê-lo. Salvando a vida do pai, ela conseguiu o que mais queria: o direito de se tornar sua companheira de viagem.

O resto da infância, Grace passou navegando. Aprendeu as regras e os segredos do comércio marítimo e da política. Adquiriu conhecimentos sobre as correntezas, as leis dos mares, o manejo de velas, âncoras e leme, e como orientar-se pela bússola e pelas estrelas. Memorizou todos os detalhes das costas, os locais em que deviam atracar, os esconderijos nos quais a embarcação jamais seria descoberta.

Durante as viagens, em contato com outros povos e com a tripulação, ela aprendeu idiomas como o espanhol, o francês e o gaélico escocês. É provável que tenha estudado com tutores nos monastérios protegidos pelo pai, pois também falava latim fluentemente, língua utilizada pelo clero e pela corte.

Sua presença entre a tripulação contrariava os costumes e a educação de seu tempo. A vida a bordo era extremamente precária, e as mulheres em geral eram mal vistas num navio, chegando até mesmo a serem acusadas de trazer má sorte e provocar intrigas entre os marinheiros. Além disso, a pirataria era punida pela Coroa inglesa com o enforcamento em público. Ao cumprir o desejo da filha, Dubhdara rompeu com os destinos de sua época, abrindo espaço para que ambos tivessem vidas extraordinárias.

Canções, lendas e poemas descrevem não só a originalidade de Grace como sua beleza: silhueta esbelta, longo cabelo ruivo, rosto forte e olhos verdes, sempre trajando calças compridas, coletes, cintos e lenços. Ambidestra, logo se tornou perita no combate com duas espadas. Seu manejo era fabuloso, e ela se tornou uma adversária mortal. Alegre, gostava de cantar e jogar cartas, dados e todo tipo de jogos de sorte e azar, seus passatempos prediletos.

QUANDO A SORTE FAVORECE QUEM TEM CORAGEM

Tão logo Grace completou quinze anos, o pai lhe comunicou que havia chegado a hora de se casar, de acordo com a tradição. Como os casamentos eram firmados visando ampliar o poder político dos clãs, a escolha do companheiro não acontecia por laços de afeto, mas para garantir a sobrevivência da tradição familiar.

Mesmo sendo uma jovem totalmente diferente das demais, Grace compreendia as razões para o casamento e se dispôs a aceitar o noivo que o pai determinasse. O escolhido foi Dónal O'Flaherty, reconhecido por sua perícia como guerreiro (o que lhe rendeu o apelido de Dónal das Batalhas). Sua família governava um amplo território, na região que hoje é conhecida como condado de Galway, e tinha como lema: "A sorte favorece os corajosos". Segundo o costume gaélico, Dónal havia sido eleito sucessor da liderança após a morte do chefe.

Imenso, o castelo principal do abastado clã de que Grace passou a fazer parte fora construído na costa de Bunowen, em meio a uma paisagem espetacular. O grande dote da noiva (gado, cavalos, ovelhas e mobília) também era representativo da fortuna de sua família. Mas um tratado pré-nupcial dizia que, no caso de separação ou morte do marido, ela receberia todos os seus bens de volta.

...

Como ela teria se sentido longe do mar e das aventuras?

É bem provável que o isolamento no castelo e a rotina diária não fossem de seu agrado. Nos primeiros anos, no entanto, ela estava ocupada com um novo desafio: ter filhos. Logo nasceram os meninos Owen e Murrough e a menina Margareth, que recebeu o nome da mãe de Grace.

De temperamento autoritário e agressivo, Dónal vivia em conflitos com outros clãs. Sua ira e impulsividade lhe rendiam vários inimigos. Em 1549, ele se envolveu com o assassinato de Walter Fada, filho do chefe dos MacWilliam.

Apenas Grace conseguia tranquilizá-lo. Assim como convencera o pai a deixá-la atuar ao seu lado nas aventuras marítimas, inaugurando uma relação única entre eles, persuadiu Dónal a levá-la em suas viagens, propondo um casamento original para a época. Com perspicácia, manteve sua liberdade e acabou dividindo a liderança do clã com o marido.

Os líderes precisavam ter força física, destreza mental, astúcia e autoridade; qualquer sinal de fragilidade acarretava sérias consequências. Segundo as lendas, Grace era capaz de enfrentar as tempestades marinhas sem sombra de temor. Forte, astuta e, ao mesmo tempo, divertida, ela despertava grande admiração entre a tripulação.

• • •

O castelo de Bunowen tornou-se a base do comércio marítimo que Grace e Dónal exerciam. Depois de atacar o porto de Galway, visando pôr fim à resistência dos moradores da cidade — que eram inimigos dos O'Flaherty —, o casal partiu para o combate com os negociantes locais, os quais cobravam altas taxas dos clãs em suas negociações.

Comandando a frota a bordo da embarcação mais rápida, Grace abordou um navio repleto de mercadorias. Exigiu do capitão o pagamento de uma taxa em troca de segurança na viagem até o porto de Galway. Para demonstrar que ele precisava de sua orientação marítima, ela e sua tripulação desapareceram nas névoas, ocultando-se entre os rochedos. Como não havia mapas detalhados e o clima era instável, a travessia sem a ajuda de alguém experiente representava altos riscos. Assim, mais uma vez, Grace conquistou o que desejava. Logo, sua fama se espalhou e sua frota pôde comercializar livremente na região, conforme ela planejara.

O CASTELO DA GALINHA

Em novembro de 1558, Elizabeth I foi coroada rainha da Inglaterra. Filha de Henrique VIII e Ana Bolena, aos dois anos de idade perdera a mãe de maneira trágica, executada depois de seu casamento com o rei ter sido anulado. Elizabeth passou a ser considerada filha ilegítima e, em consequência, foi privada do título de princesa.

Cresceu sob os cuidados de uma governanta, Margareth Bryan, que a considerava uma criança gentil. Na juventude, além de inglês, grego e latim, aprendeu francês, flamengo, italiano e espanhol. Foi considerada uma das mulheres mais cultas de seu tempo.

Se Grace viveu a infância ao ar livre, expandindo suas habilidades físicas e conhecimentos sob a orientação do pai, Elizabeth foi criada distante do rei, aos cuidados de tutores, numa corte repleta de tensão. A jovem irlandesa conquistava a todos pela coragem, ao passo que Elizabeth primava pela astúcia e pelas estratégias sutis.

É curioso que, numa época em que praticamente não havia a possibilidade de as mulheres serem consideradas líderes fortes, ambas tenham se destacado como as figuras mais poderosas da Inglaterra e da Irlanda. Elizabeth, rainha que se vestia com trajes típicos, aprendeu a lidar com as intrigas da corte e da vida palaciana. Recusou-se a casar e não deixou descendentes. Já Grace, capitã com roupas masculinas e cabelos ao vento, enfrentava os perigos do mar e embates físicos. Teve intensa vida amorosa e filhos pelos quais daria o mundo.

Autora de poemas e outros escritos, a rainha Elizabeth foi uma das maiores protetoras de William Shakespeare, bem

como de outros artistas. Patrona das artes e gozando de popularidade, ficou conhecida como Gloriana ou a Boa Rainha Bess. Às grandes aventuras, no entanto, ela preferia assistir, tal como fazia com as peças shakespearianas, a protagonizar as cenas de ação, como a pirata Grace.

Dois destinos diversos, duas mulheres em disputa pela soberania das terras e mares. Se Elizabeth teve a vida registrada minuciosamente nos anais da história, a rebelde Grace manteve-se viva por meio dos poetas e contadores de histórias, sendo reconhecida por sua importância política apenas posteriormente.

Habituada a observar a natureza humana, a estudar os temperamentos e a optar por estratégias de controle, Elizabeth não usou de seu poder militar quando resolveu dominar a Irlanda. Em vez disso, informou-se sobre os costumes dos clãs e decidiu oferecer vantagens a alguns líderes em troca de adesão ao governo da Inglaterra. Sua estratégia ardilosa surtiu efeito: Grace e o marido perderam aliados, que optaram por obedecer às leis inglesas, submetendo-se ao domínio da Inglaterra.

Dónal, impetuoso como sempre, partiu para a luta e acabou sendo morto durante uma batalha na qual defendia seu castelo de um clã inimigo. Diante da adversidade, Grace mostrou-se ainda mais corajosa. Resistiu aos ataques bravamente, surpreendendo os adversários que já comemoravam a vitória. Eles não contavam com sua capacidade de defesa e acabaram sendo expulsos de seus domínios. Furiosos, apelidaram o local de *Hen's Castle*, Castelo da Galinha, nome pelo qual é conhecido até hoje.

RESPEITADA E ADMIRADA

Mesmo tendo sido a grande defensora do Castelo da Galinha e reconhecida como a responsável pela vitória militar, Grace não obteve permissão para concorrer a chefe do clã O'Flaherty. De acordo com os antigos costumes, um homem teria de assumir a liderança. Como seus filhos eram jovens demais, o posto acabou sendo ocupado por um primo de Dónal. Sem ter mais nada a fazer ali, ela retornou com os filhos para Umhall, em 1564.

O mar sempre fora seu elemento natural. Viúva e com os filhos já crescidos, certamente sentia falta das longas travessias, da companhia da tripulação, das gaivotas, das águas cambiantes. Talvez tenha conversado com o pai e o convencido uma

vez mais de seu amor pelas aventuras marítimas. O fato é que Dubhdara deu apoio total à decisão da filha de retomar a vida de viajante, o que não demorou a se concretizar. Com uma frota de três galeras e diversas embarcações menores, Grace lançou-se de corpo e alma à pirataria.

Se na terra Grace não poderia ser eleita líder, nos mares ela era a capitã, cercando-se de nada mais nada menos de duzentos guerreiros vindos de diferentes clãs. Lealdade, admiração e camaradagem, esses eram os sentimentos que Grace inspirava em seus seguidores, além de paixão ocasional. "Prefiro um exército como o meu a um navio repleto de ouro!", ela costumava dizer à sua imensa tripulação.

Quando o pai de Grace morreu de causas naturais, ela assumiu a liderança plena da frota. Ele desfrutara uma vida longa para seu tempo (na Europa do século XVI, as pessoas viviam até cerca de quarenta anos apenas) e provavelmente se sentira orgulhoso por transmitir conhecimentos, terras e conquistas para a filha e os netos.

Grace declarou seu direito a ser chefe de clã e ocupou o lugar paterno, tornando-se a primeira mulher no posto em toda a Irlanda.

O NÁUFRAGO

As noites de tormenta em alto-mar eram povoadas de histórias de navios fantasmas e monstros marinhos. Conhecedora das correntezas, verdadeiras armadilhas mortais das costas irlandesas, Grace sabia quando e como se lançar às águas, evitando surpresas ruins.

Quando o navio da abastada família De Lacy afundou em meio à tempestade, Grace e seus homens encontravam-se seguros em terra. Talvez estivessem bebendo e dançando quando receberam a notícia do naufrágio. A pirata não hesitou:

— Vamos à praia! Deve estar repleta de moedas e preciosidades! Não podemos nos demorar, ou o mar sumirá com elas!

Cavalgando, Grace e seus companheiros logo chegaram às areias. O vento uivava e as correntezas cortavam o mar bravio enquanto eles vasculhavam os rochedos.

— Um náufrago! — alguém gritou de repente.

— Está vivo? — Grace perguntou.

— Parece que sim!

A pirata apeou-se, correu em direção ao jovem estirado na areia e deparou com Hugh de Lacy, filho do dono do navio mercante. Ela o reavivou, cobriu-lhe o corpo com mantas e casacos e o levou para o castelo. O rapaz era atraente, corajoso e quinze anos mais novo que Grace. Assim que se recuperou, Hugh passou a dedicar um sentimento profundo por sua salvadora.

Os embates, as obrigações, o casamento determinado pelo pai e outras circunstâncias certamente impediram a chegada de um grande amor até então. Mas, ao lado de Hugh de Lancy, rapaz culto e educado, apaixonado pelos mares e profundo conhecedor da arte do comércio marítimo, Grace passou

momentos de intensa felicidade e companheirismo. Durante alguns meses, eles viveram uma paixão inesperada, um romance digno de figurar em lendas, poemas e cantos.

Como era comum aos jovens bem nascidos de seu tempo, Hugh gostava de sair cavalgando para caçar. Ele estava sozinho, percorrendo a praia, quando caiu numa emboscada. Sem nenhuma razão aparente, jovens do clã MacMahon o mataram e abandonaram seu corpo na praia. Numerosos, eles não deram a Hugh nenhuma chance de defesa. Foi assassinado a sangue frio, em plena juventude.

Grace ficou devastada. Como não intuíra a possibilidade de uma catástrofe dessa dimensão? Na certa haviam feito aquilo apenas para provocá-la...

De imediato, reuniu um grupo de homens de sua confiança, perseguiu os assassinos e os executou sumariamente. Mas a morte deles não bastou para aplacar sua ira, ela precisava alcançar os mandantes do crime. Grace então arquitetou uma astuta estratégia de ataque: aguardou o tempo certo e, quando soube que parte dos moradores do castelo inimigo sairia em viagem, invadiu o edifício.

Liderou o ataque e, mais uma vez, mostrou ser uma lutadora imbatível, ainda mais quando atiçada pela dor da perda. A vitória veio rápido, e ela logo se apossou do castelo do clã Doona, então refúgio dos MacMahons. Nos meses que se seguiram, Grace reinou ali. A ausência do amado lhe deixara uma ferida profunda, manifestada nas recorrentes e longas insônias. Não por acaso o local acabou ganhando o sinistro apelido de Castelo da Dama da Noite.

RICARDO DE FERRO

Se no casamento com o impetuoso Dónal, Grace teve companheirismo, aventuras e filhos, na relação com o belo Hugh de Lacy provavelmente ela viveu a experiência única do grande amor, de modo que seu coração estava ferido. Ainda assim, decidiu casar-se de novo, buscando fortalecer alianças. Embora os clãs fossem difíceis de dominar, a rainha Elizabeth, que almejava as terras férteis deles, queria obrigá-los a seguir suas leis.

Grace estava com trinta e poucos anos, era uma viúva rica, atraente e admirada. Não foi difícil encontrar bons pretendentes e logo ela se casou com o poderoso Ricardo de Ferro. Destemido guerreiro, dono de minas e terras sem fim, vindo de outros casamentos e vários filhos, alguns ilegítimos, ele era o par ideal naquele momento de sua vida. Depois das festas de núpcias, Grace se instalou no castelo do marido, acompanhada de seus seguidores fiéis. Logo ela engravidou de Theobald.

• • •

Se uma mulher a bordo era uma raridade naquele tempo, o que dizer de uma grávida? Grace provavelmente se sentia mais segura em ter o bebê num navio do que em terra, estando habituada desde menina ao mar. Mesmo assim, surpreendeu a todos ao embarcar numa longa travessia marítima. Além dos riscos da navegação, as condições a bordo eram totalmente precárias. Felizmente, Theobald nasceu forte e saudável.

Certa noite, Grace estava em sua cabine, amamentando

o recém-nascido, quando piratas argelinos assaltaram o navio. De início, ela se manteve quieta, mas alerta. Percebendo que os ruídos de luta se intensificavam e que a gritaria no convés aumentava, intuiu que a tripulação estava perdendo espaço. Não teve dúvida: pôs o bebê carinhosamente no berço, empunhou as duas espadas e subiu ao convés, munida também de um grande mosquete.

— Será que não posso ter um dia de folga? — ela perguntou irada para a tripulação.

Os argelinos ficaram paralisados diante de sua perícia na luta e liderança. Grace aproveitou a vantagem para derrubar os inimigos. Enlouquecida, gritava tanto com os adversários quanto com os companheiros:

— Será que meu filho não pode dormir em paz?

Sentindo-se mais confiante com a presença da líder, a tripulação reagiu rapidamente, vencendo a batalha.

• • •

Embora o relacionamento entre Grace e Ricardo de Ferro fosse de grande amizade e afeto, o choque de temperamentos provocava disputas. Certa noite, depois de uma discussão acirrada, Grace expulsou o marido do castelo. Ao amanhecer, ele ainda gritava do lado de fora, pedindo para voltar. Ela respondeu aos berros:

— Ricardo de Ferro, eu te dispenso!

Em seguida jogou todas as roupas e pertences de Ricardo pela janela. O divórcio aconteceu na sequência, e Grace ficou com o castelo e muitas terras. As leis gaélicas previam um contrato matrimonial específico com duração de um ano, denominado teste de casamento. Ao fim desse prazo, caso o casal optasse pelo divórcio, a esposa teria direito aos bens do marido. Esse foi o caso de Grace.

Mas, mesmo não estando mais oficialmente casados, Grace e Ricardo permaneceram próximos. Juntos, eram imbatíveis. O comércio, a política e a defesa pela terra e pelo mar mantiveram os dois unidos ao longo da vida.

Foi assim que, após uma conversa séria e grande planejamento estratégico, eles decidiram enfrentar a Inglaterra, navegando ao encontro do governador inglês Sir Henry Sidney. Diante de tantos guerreiros armados, o homem subiu a bordo da embarcação pirata com cautela, acompanhado do filho, Sir Philip Sidney, famoso poeta e soldado. Philip ficou fascinado por aquela mulher totalmente singular. Ela lhe ofereceu amizade e proteção e ele aceitou a aliança de imediato, passando a celebrá-la em seus escritos não só por sua coragem e beleza, mas também por sua vasta cultura, sensibilidade e sabedoria.

REFÉM

Logo após o bem-sucedido encontro com Sir Philip, Grace decidiu ocupar as férteis terras do conde de Desmond. Talvez por excessiva confiança ou por algum descuido, dessa vez a empreitada não funcionou como o planejado. Ela foi capturada e conduzida ao imenso castelo de Askeaton.

— Como ousa avançar sobre minhas terras? — gritou o conde, fora de si. — Grace O'Malley, eu a condeno à masmorra!

Astúcia, beleza, coragem — nenhuma qualidade foi capaz de impedir o confinamento de Grace na pior cela. Ela ficou devastada.

Meses se passaram sem que o conde demonstrasse clemência. Dia após dia, Grace repensava seu fracasso, procurando entender o que dera errado. Não conseguia arquitetar nenhum plano de fuga.

O mar sempre fora seu melhor conselheiro, e, sem as ondas e o horizonte para contemplar, ela foi perdendo as forças rapidamente. Nada indicava que pudesse sobreviver àquela condição.

Enquanto isso, o conde estava às voltas com os ingleses. Estavam interessados em suas terras, que corriam o risco de ser invadidas e confiscadas. Ele consultou seus assessores e cogitou aliar-se aos espanhóis antes que lhe viesse a ideia de oferecer a prisioneira como moeda de troca. Os ingleses ficariam impressionados com seu poder, uma vez que Grace O'Malley nunca havia sido capturada.

A morte apresentava sua face mais terrível. Acusada de traição e pirataria pelo governo inglês, ela dificilmente conseguiria escapar com vida na Inglaterra.

Mas, quando menos esperava, uma maré de sorte a beneficiou. O governo inglês acusou o próprio conde de traição, por ter se aliado com a Espanha. E Grace O'Malley foi libertada em 1579 como prisioneira de um grande traidor.

VIRANDO A MARÉ

Festas e muita alegria marcaram a volta de Grace ao lar. Rapidamente ela recuperou a energia e a alegria de viver. Como terá se sentido ao percorrer novamente as praias de sua infância? Que pensamentos o fluir das ondas e a brisa a terão inspirado? De qualquer maneira, os problemas logo a alcançaram, como uma súbita tempestade marítima. Habituada à inconstância das águas, Grace mais uma vez os enfrentou corajosamente.

Vários mercadores de Galway deviam dinheiro à sua família. Cientes de que ela cobraria as dívidas, resolveram antecipar-se ao problema, contratando um pequeno exército para tentar aprisioná-la.

Mas o mar a acolheu novamente. Grace enfrentou o exército usando de sua notável capacidade estratégica. Em menos de um mês expulsou os soldados de seu território e reafirmou-se como grande líder dos mares da Irlanda.

Em breve, a correnteza mudaria o curso outra vez. O conde de Desmond, que a prendera meses na masmorra, resolveu atacar os ingleses. Grace não desejava envolver-se na disputa, preferindo ficar perto da família e dos amigos. Já Ricardo de Ferro tomou o partido do conde, temendo o domínio inglês na Irlanda. Certa de que eles fracassariam, ela se opôs e, mais uma vez, teve sérias discussões com o ex-marido.

Grace era conhecida por sua capacidade de prever instabilidades climáticas nos mares irlandeses. Nesse caso, sua intuição se provou correta também para as tendências políticas. A derrota foi terrível. Desesperado, o conde recorreu à antiga prisioneira:

— Fui injusto com você, Grace O'Malley. Por ironia da vida, neste momento apenas sua força política poderá me amparar...

— Estarei ao seu lado.

Uma atitude inesperada que se revelaria sábia com o passar do tempo. Sua estratégia política foi bem-sucedida. Negociou com o governador inglês e conseguiu obter perdão para o conde e para Ricardo. E foi além: parte do acordo exigia que as tropas inglesas deixassem seus territórios.

Assim, a paz voltou a reinar na Irlanda.

LADY GRACE

Por volta de 1580, Ricardo de Ferro foi eleito chefe dos clãs. Para celebrar um acordo de paz firmado com os irlandeses, a Inglaterra concedeu a ele o título de Sir Richard Bourke. Grace também receberia o título de Lady Bourke, se assim desejasse.

Nesse período, ambos desfrutavam imenso poder e prestígio. Como ditavam os costumes da época, em que clãs se encarregavam da formação dos filhos dos líderes, o caçula Theobald foi enviado a um deles, o Mac Evilly. Sendo Ricardo de Ferro o mais poderoso chefe da região, era necessário que seu filho ficasse sob excelentes cuidados e recebesse boas instruções. Mesmo sendo uma *lady* agora, Grace permanecia a mesma.

Durante dois anos, viveu com Ricardo em paz, mas em abril de 1583 ele morreu de causas naturais. É provável que sua vida agitada, as lutas, os casamentos e as viagens o tenham exaurido. Seja como for, Grace ficou novamente viúva, perdendo também um grande aliado e protetor. Ela tinha cinquenta e três anos. No lugar de recolher-se em seu castelo para superar o luto, buscou refúgio e consolo no espaço que mais amava: o mar.

O INIMIGO MORTAL

Em 1584, a rainha Elizabeth passou a preocupar-se intensamente com a Irlanda. Até então, os acordos entre clãs e governadores ingleses vinham assegurando a paz, mas alguns chefes começaram a aliar-se com a Espanha. Para dominá-los, ela enviou Richard Bingham, muito bem treinado no serviço militar.

Aos cinquenta e seis anos, ele já havia participado de muitas batalhas, tendo enfrentado até mesmo o exército espanhol. Tinha grande conhecimento das artes marciais e era inflexível nas atitudes. "Espadas valem mais que palavras", esse era seu lema. Incapaz de compreender o mundo gaélico, com suas leis e tradições, Bingham impunha os valores da Inglaterra por meio de uma violência implacável, mandando executar tanto homens, como mulheres e crianças.

Em pouco tempo, Grace O'Malley tornou-se o principal alvo das perseguições de Richard Bingham. Owen, o filho mais velho dela, foi perseguido e cruelmente assassinado pelo irmão dele.

O caçula Theobald foi capturado pelo próprio Richard, que tratou de reeducá-lo segundo as convenções inglesas, de modo que abandonasse os costumes de seu clã de origem. Ele sabia que seria muito difícil transformar o filho de um chefe num lorde inglês, mas decidiu que isso aconteceria por bem ou por mal — numa estratégia ardilosa para tentar diminuir o poder e prestígio de Grace. Caso Theobald conseguisse escapar, ele não seria mais o mesmo jovem: sua personalidade teria sido anulada de modo irremediável. Nesse período, ele aprendeu a falar e a ler inglês fluentemente.

Não havia outra saída: Grace precisava confrontar o inimigo. Mesmo fragilizada pela perda do marido e do primogênito, liderou uma rebelião. Richard mandou o irmão, o mesmo que assassinara Owen, para intimidá-la. Ela não resistiu, foi capturada e ficou acorrentada numa masmorra. Enquanto isso, Richard atacou outros membros do clã de Grace e matou seus sobrinhos.

— Espalhem a notícia da prisão da pirata! — ele disse aos conselheiros, satisfeito. — O enforcamento de Grace O'Malley acontecerá em praça pública! Ela será o símbolo da vitória da Inglaterra contra os clãs!

Como em outros momentos, a maré virou a favor de Grace. Seu genro pediu uma audiência com Bingham. Usando astúcia, alegou que Grace não desfrutava mais tanto prestígio, por causa da idade e do fato de ser mulher, e acabou convencendo o inglês a libertá-la.

— Sou um chefe. Grace O'Malley é apenas uma velha. Troque-me por ela. Você sairá ganhando, eu garanto! — disse ele.

O inglês concordou prontamente. Assim que Grace foi libertada, a segunda parte da estratégia foi executada, e o próprio genro salvou-se da prisão com a ajuda de membros do clã.

Finalmente, depois de mais lutas e travessias, Grace decidiu pedir apoio a outro nobre inglês, Sir John Perrot, grande inimigo de Bingham. Relatou-lhe todas as injustiças das quais ela e sua família tinham sido vítimas. Conhecedor do caráter impiedoso do adversário, ele concordou em auxiliá-la e solicitou a transferência do traiçoeiro Bingham para outro país.

Mas Grace teria pouco tempo de paz. Em 1588, com cerca de cento e trinta navios, a Armada espanhola tentou invadir a costa irlandesa, mas as embarcações naufragaram devido às tempestades constantes. Para impedir que os náufragos fossem acolhidos pelos líderes dos clãs, a rainha Elizabeth reenviou Bingham.

— Todo aquele que acolher ou refugiar um espanhol será condenado à morte e terá as terras confiscadas pela Inglaterra! — dizia Bingham, cuja primeira providência foi atacar a antiga adversária.— Grace O'Malley! Prometo derrotá-la desta vez!

Bingham enviou um exército para vasculhar as terras de Grace e de sua família, na tentativa de prendê-la por acolher espanhóis. Indignados, Grace e seu genro uniram seus batalhões e impediram a entrada dos militares ingleses no território. Durante a batalha, o irmão de Bingham, que matara Owen, pereceu.

Percebendo que perdiam terreno, os ingleses mais uma vez destituíram Bingham de seu posto e o mantiveram preso no Castelo de Athlone. Em seguida, lordes e chefes de clã decidiram fazer uma trégua e criar um conselho de paz.

As negociações, entretanto, duraram pouco. Bingham recuperou o posto e, assim que Grace retornou de uma jornada marítima, recomeçaram as batalhas. Para os ingleses, ela era a mãe de todas as rebeliões.

TERRA E MAR

Em 1590, Bingham liderou um exército de mil homens contra os irlandeses. Certo de que venceria em pouco tempo, ele não contou com a estratégia de combate dos clãs, que usavam as florestas como refúgio. A bruma espessa, as grutas e as grandes árvores ofereciam esconderijos que os ingleses eram incapazes de localizar.

Depois do confronto, vários rebeldes conseguiram escapar para suas montanhas e terras de origem. Com o objetivo claro de atingir Grace, Bingham prosseguiu matando todos que encontrava pela frente.

Quando ele chegou às terras da pirata, ela já havia atravessado o mar e se refugiado nas ilhas da baía. Irado, Binghan matou várias mulheres e crianças. Então invadiu o castelo, roubou gado e cavalos e incendiou os campos. De volta ao mar, onde era imbatível e inalcançável, Grace talvez navegasse por mais tempo se não tivesse recebido a notícia de que Murrough tornara-se aliado de Bingham. Ela decidiu então dar uma lição no próprio filho. Acompanhada de seu exército, tomou o castelo de Murrough e retirou dele todo o seu rebanho.

— Onde você estava com a cabeça, meu filho?

— Achei que poderíamos conquistar a paz — ele disse.

— Confiando num inimigo desprezível? — ela retrucou.

Depois de longa discussão, Murrough acabou pedindo perdão à mãe.

• • •

Com o passar dos meses, Theobald, agora casado com a jovem e bela Maeve, passou a ser considerado o próximo grande líder dos clãs. Na ausência de Grace, ele foi persuadido a atacar Bingham. A investida deu errado, e Theobald foi preso.

— Meu único objetivo na vida é matar essa pirata maldita e acabar com toda a sua família! — jurava Bingham, com seu ódio reavivado.

Uma vez mais levou seu exército às terras de Grace, destruiu as plantações e roubou seu rebanho. Ciente de que precisaria capturá-la em seu elemento natural, ordenou que uma frota inglesa atacasse a adversária.

Sem terras nem embarcações, com mais de sessenta anos, Grace percebeu que corria risco de morrer. Apenas uma medida realmente drástica poderia tirá-la daquela armadilha fatal.

UMA AMIZADE IMPROVÁVEL

A rainha Elizabeth muito ouvira falar de Grace O'Malley, a pirata rebelde. É provável que sentisse curiosidade em conhecer outra mulher poderosa, sobretudo uma que havia sido criada com liberdade, vagado pelos mares e sido profundamente amada pela família, além de exímia espadachim.

O que ambas tinham em comum? O inusitado papel de liderança feminina numa sociedade dominada por homens.

Elizabeth e Grace quebraram normas para se aproximar. A pirata pensou com cuidado num modo de abordar a rainha sem correr o risco de ser enforcada em praça pública. Bingham na certa teria envenenado Elizabeth contra ela. Os valores dos clãs irlandeses podiam destoar dos ingleses, mas isso não significava que Grace não tivesse a sutileza necessária para lidar com uma rainha como Elizabeth Tudor. Não faria uma entrada à base de força e perícia militar, e sim da escrita. Ela sabia do amor que Elizabeth dedicava à literatura e usaria seu talento para tentar comovê-la.

Desde a leitura da primeira carta de Grace, descrevendo sua própria versão dos conflitos contra Bingham, a história de seus dois casamentos, de seus filhos e de sua viuvez, a rainha Elizabeth se interessou profundamente por conhecer o outro lado da história. Ao estabelecer contato com uma fora da lei, a rainha fez uma audaciosa opção, descartando os conselhos da corte e dando início a uma troca de correspondências com a irlandesa, que lhe fora descrita como violenta e irascível.

Lendas narram que Grace atuou como capitã da embarcação que a conduziu até a Inglaterra. O porto imenso e muito movimentado de Londres era completamente diferente dos que

havia visto nas cidades da Irlanda. Logo na chegada, viu piratas pendurados na forca, mas nada a faria hesitar. Com o longo cabelo ruivo agora grisalho preso num coque, adentrou a sofisticada corte de Elizabeth Tudor, vestindo trajes típicos irlandeses.

A expectativa em torno da chegada da "rainha pirata" era visível. As damas de companhia, os conselheiros, todos queriam vê-la de perto. O rosto corado sem maquiagem e o corpo forte emprestavam a Grace uma imponência mais impressionante que os trajes de gala dos que a viam passar.

O luxuoso palácio de Elizabeth era bem diferente dos austeros castelos da Irlanda. Mesmo assim, ela não se intimidou. Seu filho estava aprisionado, e Grace precisava se concentrar em fazer um acordo de paz para salvá-lo. Em meio a comentários e sussurros, ela foi levada aos aposentos privados da rainha. Lá, deparou com uma mulher franzina quase da mesma idade que ela, coberta de joias e rendas. Praticamente sem cabelo e com o rosto todo marcado devido à varíola que a atingira em 1562, ela passara a usar forte maquiagem e perucas, ganhando o aspecto de uma estranha boneca.

Segundo as normas da realeza, era necessário se curvar diante da rainha, reverenciando-a, e cumprimentá-la em língua inglesa. Mas Grace não se curvou. Encarou Elizabeth com seus olhos penetrantes e a cumprimentou em latim. O espanto na corte se mostrou nos murmúrios desaprovadores. Houve quem sinalizasse para que Grace se curvasse.

Foi quando chegou a vez de a rainha surpreender a todos. Ela levantou-se, cumprimentou Grace também em latim e fez sinal para que ambas saíssem dali. Buscando privacidade, Elizabeth convidou Grace para sentar-se num banco diante da lareira e se acomodou ao seu lado. Conversaram horas a fio. Gestos gentis e sorrisos deixavam evidente o nascimento da mais inesperada de todas as amizades…

EPÍLOGO

A admiração de Elizabeth I por Grace O'Malley ficou evidente no acordo que estabeleceram durante a longa conversa. A rainha escreveu a Bingham exigindo que ele libertasse Theobald (que acabou se tornando um dos maiores navegantes de sua geração, sendo condecorado como o primeiro visconde de Mayo pelo rei Charles I, em 1622) e jamais voltasse a importunar Grace O'Malley e sua família. Ela também ordenou que um novo mapa da Irlanda fosse desenhado. O nome de Grace O'Malley foi incluído pelo cartógrafo Baptista Boazio como chefe de Umhall. Pela primeira vez na história da Inglaterra, uma mulher era reconhecida como chefe de um clã.

Essa talvez fosse a maior prova de amizade que uma grande rainha poderia oferecer a outra.

CRONOLOGIA

1530
Nasce em Umhall, hoje condado de Mayo, Grace O'Malley (em gaélico, Gráinne Ní Mháille), filha de Dubhdara e Margareth O'Malley.

1546
Casa-se com Dónal O'Flaherty, em Connemara.

1547-1552
Nascem seus filhos Owen, Margareth e Murrough.

1560
Dónal é assassinado numa disputa entre clãs e Grace vinga a morte dele.

1564
Regressa a Umhall e se estabelece na ilha Clare. Comanda uma frota de duzentos homens. Sua fama se espalha.

1565
Resgata Hugh de Lacy de um naufrágio e os dois se apaixonam, mas logo ele é assassinado.

1566
Casa-se com Ricardo de Ferro (Richard In Iron Bourke). Depois de acomodar as embarcações e seu exército na propriedade, Grace pede o divórcio e fica com suas posses.

1567
Theobald nasce a bordo de um navio sob ataque pirata.
Grace volta ao castelo e faz as pazes com o ex-marido.

1571
Ricardo de Ferro se torna chefe de clã de Mayo com ajuda de Grace.

1576
O clã MacWilliam cede ao domínio da rainha Elizabeth. Ricardo perde força política.

1577
Grace saqueia as terras do conde de Desmond e é capturada por ele.

1578
O conde entrega Grace ao governador inglês e ela é presa nas masmorras do castelo de Dublin.

1579
Ricardo de Ferro lidera uma bem-sucedida rebelião para libertar Grace. Ela ataca navios ingleses.

1580
MacWilliam morre e seu filho lhe sucede pela lei inglesa. Grace e Ricardo de Ferro lideram uma rebelião para garantir seus direitos segundo a lei irlandesa.

1581
Grace e Ricardo tentam impedir os ingleses de tomar suas terras.

1583
Ricardo morre e Grace transforma o castelo dele em sua base.

1584
Sir Richard Bingham é nomeado governador inglês e começa a perseguir Grace. Ela lidera uma rebelião contra ele.

1586
O irmão de Bingham assassina cruelmente Owen. Mentindo sobre uma trégua, Bingham convida Grace para seu território. Assim que ela chega, ele a declara traidora e a condena à morte. Grace é resgatada.

1587
Grace foge para Ulster, planejando unificar a Irlanda com apoio do rei da Espanha.

1588
A Armada espanhola naufraga durante uma tempestade. A guerra entre ingleses e irlandeses é declarada, usando como desculpa as relações irlandesas com os espanhóis.

1589
Bingham acusa Grace de traição contra a rainha Elizabeth.

1590
Bingham obriga Murrough a se aliar a ele. Grace fica furiosa e ataca as propriedades do filho para lhe dar uma lição.

1591
Bingham manda queimar as terras de Grace para encurralá-la.

1592
Grace escreve diretamente à rainha Elizabeth queixando-se das deslealdades e crueldades de Bingham.

1593

Bingham captura Theobald e o condena à morte por traição à rainha. Grace vai até Londres e solicita uma reunião com a rainha. Nasce uma aliança entre as duas mulheres. Elizabeth concede a libertação de Theobald e permissão para comerciar livremente por terra e mar.

1594

Bingham é chamado à Inglaterra e Grace passa a viver em plena liberdade.

1597

Aos 67 anos, ela ataca o clã Macneil, na costa escocesa.

1603

Por fim recolhida em seu castelo, Grace morre tranquilamente após uma vida de aventuras incessantes.

O CASTELO DE PORTAS ABERTAS: POEMAS, CANÇÕES E REFERÊNCIAS

Victor Scatolin

"E assim foi como a saiaudadela começou. Mas austera espreguinçou-se com sua ólinda e anassaulada graça: calada! E com sua gracio-malícia sequelestrou o jímido Tristóvão e tristanshandestuosamente à occidental ela chorreu, chorreu, chorreu."*

O trecho acima, que faz alusão à pirata Grace O'Malley, foi retirado do livro *Finnegans Wake,* escrito pelo irlandês James Joyce (1882-1941), cujo eixo central foi extraído de um mito irlandês. O ponto de partida desse estranho e grande livro é o velório do pedreiro Tim Finnegan, que caiu dos andaimes da construção em que trabalhava. Seus amigos estão tomando uísque à sua volta e derramam algumas gotas em seu rosto, o que faz com que volte à vida.

Joyce, como se nota no pequeno trecho, era um escritor de escolhas complexas, um poeta no melhor sentido da palavra. Ele escreveu o livro inteiro dessa maneira, nesse ritmo recheado de trocadilhos e palavras que vão se formando uma dentro da outra, em sequência.

---

* No original: *And that was how the skirtmisshes began. But the dour handworded her grace in dootch nossow: Shut! So her grace o'malice kidsnapped up the jiminy Tristopher and into the shandy westerness she rain, rain, rain.* Tradução do autor.

A referência a Grace O'Malley encontra-se nas primeiras linhas do livro — que tem como pano de fundo a história da Irlanda, terra natal de Joyce — e como primeiro cenário o castelo de Howth. Uma vez, quando visitava Dublin, capital do país, a pirata tentou adentrar sem sucesso a emblemática e portentosa construção localizada em seus arredores. Furiosa porque o castelo havia sido trancado justamente devido à sua visita, ela sequestrou o neto do barão de Howth, que se mostrou disposto a pagar qualquer quantia para ter o garoto de volta. Grace, no entanto, não queria dinheiro: pediu apenas que os portões permanecessem abertos e que sempre fosse posto um lugar à mesa para visitantes inesperados. Assim foi feito, e até hoje há ali uma mesa posta com um lugar vazio à espera.

Mas James Joyce não foi o único irlandês a cantar as proezas de Grace O'Malley: existem inumeráveis canções, hinos e poemas a respeito dela. Neste livro, selecionamos dois outros textos representativos dessa tradição, reproduzidos a seguir: um poema de John D'Alton (1792-1867), coletado por James Hardiman (1782-1855), e um hino de Patrick Pearse (1879-1916).

Grana Weal[*]
James Hardiman[**]

O thou that art sprung from the flow'r of the land,
Whose virtues endear and whose talents command;
When our foemen are banished, how then wilt thou feel
That the King of the right shall espouse Grana Weal.

O'er the high hills of Erin what bonfires shall blaze,
What libations be pour'd forth! — what festival days! —
While minstrels and monks with one heart-pulse of zeal,
Sing and pray for the King and his own Grana Weal!

The monarch of millions is riding the sea,
His revenge cannot sleep, and his guards will not flee;
No cloud shall the pride of our nobles conceal,
When the foes are dispersed that benight Grana Weal.

The mighty in thousands are pouring from Spain,
The Scots — the true Scots shall come back again;
To far distant exile no more shall they steal,
But waft the right King to his fond Grana Weal.

Raise your hearts and exult, my beloved! at my words,
Your eyes to your King, and your hand to your swords! —
The Highlands shall send forth the bonnetted Gael,
To grace the glad nuptials of Grana Weal.
And Louis, and Charles and the heaven-guided Pope,

---

[*] Grace O'Malley, ou Gráinne Ní Mháille, em gaélico, também era conhecida como Grana Weal, Gráinne Mhaol e Granuaile.

[**] Bibliotecário e historiador que organizou uma famosa antologia de poemas tradicionais e canções irlandesas chamada de Irish Minstrelsy (1813), de onde foi retirado este poema.

55

And the King of the Spaniards shall strengthen our hope;
One religion — one kindred — one soul shall they feel,
For our heart enthroned Exile and Grana Weal.

With weeping and wailing, and sorrow and shame —
And anguish of heart that no pity dare claim;
The craven English churls shall all powerless kneel
To the home-restor'd Stuart and Grana Weal!

[...]

Ah, você que brota das flores da terra
Cujas virtudes se inflam e o talento lidera
Ao banirmos os inimigos tu te sentirás tão senil
Que o rei aliado e eleito desposará Grana Weal.

Sobre os altos prados de Erin queimam as chamas
Altas alegrias, dias divinos, tantas festanças
Menestréis, monges num só coração clamam a mil
A cantar e louvar o rei e sua esposa Grana Weal!

O monarca de milhões no mar navega
Sua vingança não cessa, sua guarda não arrega
Nenhuma nuvem ocultará o orgulho real
Quando os inimigos forem dizimados por Grana Weal.

Os fortes aos milhares vêm do mar da Espanha
Os verdadeiros escoceses voltarão amanhã!
No exílio distante não mais roubarão um real
Mas louvarão ao rei e sua amada Grana Weal.

Elevem-se os corações a exultar minha amada
Olhos ao rei, ouvido às palavras e mãos à espada!
A Escócia enviará aos gaélicos bonés a granel
Para os festejos alegres das núpcias de Grana Weal.

E Luís, Carlos, o rei e o papa em divina aliança
Com os espanhóis fortalecerão nossa esperança
Uma religião, uma só alma, um só coração se viu
A engajar-se no árido exílio de nossa Grana Weal.

Choros em coro, tristezas e entraves em dia
A angústia interna sem dó, dor ou ousadia
Até os temerosos ingleses hão de ajoelhar no milho
Diante da casa reerguida de Stuart e Grana Weal!

[...]

Oró, Sé do Bheatha 'bhaile[*]
PATRICK PEARSE[**]

I
Sé do bheatha! a bhean ba leanmhar!
B'é ár gceach tú bheith i ngéibhinn,
Do dhuiche bhrea i seilbh meirleach
'S tú diolta leis na Gallaibh.
Chorus:
Oró! Sé do bheatha 'bhaile!
Oró! Sé do bheatha 'bhaile!
Oró! Sé do bheatha 'bhaile!
Anois ar theacht an tSamhraidh.

II
Tá Gráinne Mhaol ag teacht thar sáile,
Óglaigh armtha lei mar gharda;
Gaeil iad fein 's ni Gaill ná Spainnigh
'S cuirfid ruaig ar Ghallaibh.

III
A bhuí le Ri na bhfeart go bhfeiceam,
Muna mbeam beo 'na dhiaidh ach seachtain,
Gráinne Mhaol agus mile gaiscíoch
Ag fógairt fáin ar Ghallaibh.

---

[*] Este hino foi composto em língua irlandesa e depois traduzido para o inglês pelo próprio autor. É possível ouvir o original cantado em irlandês na internet.
[**] Escritor e ativista político.

Oró and Welcome Home

I
Welcome, O woman who was sorrowful
We were desolate while you were imprisoned.
Your lovely country in the hands of vandals
And you yourself — sold to the English.
Chorus:
Oró! And welcome home,
Oró! And welcome home,
Oró! And welcome home,
Would that the Summer is here.

II
Gráinne Mhaol is coming over the sea,
With a guard of young soldiers,
They are Irish, not English or Spanish
And they will rout the English.

III
Thanks be to God that I'm seeing
Even If I only live for a week after!
Gráinne Mhaol and a thousand warriors
Announcing ruin on the English.

Ho-ho, bem-vinda a bordo*

I
Bem-vinda ao lar, mulher aflita
Te ver dolorida foi nossa ruína
Nossa terra tão nossa na mão dos ladrões
E você vendida aos larápios ingleses!
Coro:
Ho-ho, bem-vinda a bordo
Ho-ho, bem-vinda a bordo
Ho-ho, bem-vinda a bordo
Agora que o verão vem chegando!

II
Gráinne Mhaol vem vindo do mar
Armados guerreiros em guarda com ela
São gaélicos, não franceses ou hispânicos
E vão estraçalhar os bandoleiros!

III
Talvez satisfaça o rei dos milagres que veremos,
Ao menos viveremos uma semana a mais depois,
Gráinne Mhaol e um milhão de guerreiros:
— Debandar com os bandoleiros!

---

* Esta tradução foi feita a partir da versão inglesa do hino.

BIBLIOGRAFIA

Livros

CHAMBERS, Anne. *Grace O'Malley, Ireland Pirate Queen.* Dublin: Gill & Macmillan, 2012.

_____. *Pirate Queen of Ireland, the adventures of Grace O'Malley.* Cork: The Collins Press, 2000.

JOYCE, James. *Finnegans Wake.* Londres: Faber and Faber, 1975.

Sites

www.rootsweb.ancestry.com/~nwa/grace.html
www.cindyvallar.com/granuaile.html
www.historyireland.com/early-modern-history-1500-1700/grainne-mhaol-pirate-queen-of-connacht-behind-the-legend
www.thepirateking.com/bios/omalley_grace.htm
www.ancient-origins.net/history-famous-people/grace-o-malley-16th-century-pirate-queen-ireland-001773
www.owlcation.com/humanities/Elizabeth-I-Grace-OMallley-Irish-Pirate-Queen

Acesso em 31/8/2016.

Heloisa Prieto nasceu em São Paulo, em 1954, onde mora. Começou sua carreira como professora na Escola da Vila, em São Paulo, contando histórias para crianças. Formada em Letras pela USP, é mestre em Comunicação e Semiótica pela PUC-SP e doutora em Literatura Francesa também pela USP. Considerada um dos grandes nomes da literatura infantil e juvenil brasileira, com mais de cinquenta títulos publicados, recebeu prêmios importantes, como o da União Brasileira de Escritores (UBE), o da Fundação Nacional do Livro Infantil e Juvenil (FNLIJ) e o Jabuti, da Câmara Brasileira do Livro. Costuma dizer que os livros a ensinaram a viver e que se tornou escritora "para pertencer à grande rede de contadores de histórias que acompanham as pessoas desde que o mundo nasceu". Pela SM também publicou *A vida é um palco* (2006), *Memórias de um corsário* (2010) e *Andarilhas* (2015).

Victor Scatolin, também conhecido como Walter Vetor, é poeta, performer e tradutor. Como poeta, trabalha há mais de dez anos pesquisando, tendo publicado poemas esparsos em revistas independentes, como *Misnomer*, *Antilogia* e *Córrego*. Traduziu poetas como Ezra Pound, E. E. Cummings, James Joyce, Chyio-Ni, Friedrich Hölderlin, entre outros. Como performer, desenvolve trabalhos com poesia, cinema e música, com o grupo Riverão, do qual é um dos fundadores.

Angelo Abu nasceu em Belo Horizonte, Minas Gerais, em 1974. Em 1995, ilustrou seu primeiro livro, como resultado de uma oficina no Festival de Inverno de Ouro Preto. Graduado em Cinema de Animação pela Escola de Belas Artes da UFMG, assina mais de setenta obras como ilustrador. Em 2000, foi finalista do prêmio Jabuti na categoria Melhor Ilustração com *Pena-Quebrada (o indiozinho)*.

Fontes: Dante e ChunkFive
Papel: Offset 120 g/m²